詩集

吉備王国盛衰の賦

岡隆夫

砂子屋書房

*目次

装本　倉本　修

詩集　吉備王国盛衰の賦

一　壱岐対馬は厳原の

壱岐対馬は厳原の

壱岐対馬は厳原《いづはら》の　色街生まれ
卑弥呼《ひみこ》の亡くなる二四七年　海路の要衝厳原生まれ
物心つくまで　名なしの権兵衛　根なし草
紫の宮　紫の上　とまでは望まないが
佐紀[*1]　サキちゃん　と呼んでほしかった

杉の丸太が隙間なく林立し　二階に届き
京の四条の格子窓には　とても及ばず
どこが出口か入り口か　さっぱり分からず
奥の間のその奥の置屋には　娼婦たちが屯《たむろ》し

何が何して何とやら　さっぱり分からず

曲がりくねった狭い小路で　対馬訛《なま》りの叫声《きょうせい》をあげ
鬼か蛇か　蛭《ひる》か狢《むじな》＊2の　孫子のあたいは
泥《のた》打ちまわり　袋小路に庶られても
すっとすり抜け　壁でも塀でも平気でこえると
そこは豪族たちの　豪華な墓石の群だった

置屋の女将《おかみ》は事あるごとに　積る小事を呟いた
おまえの父《てて》は倭国の漁師　壱岐の沖で烏賊《いか》を釣り
シナ海の暖流に押されては　いつも厳原に流れつき
時化のとき　あるいは海賊に襲われては
命からがら　しばしば寄ったよ

乳母《めのと》は　隣国慶州《きょんじゅ》からの流れ者
もしかして　おまえの母《はわ》かもな

サキには倭韓二つの　血が流れてるかな
大潮にのって　一度倭国本土へ行ってみな
三、四世紀　邪馬台国《やまたいこく》なる国さ　あって

初代女帝卑弥呼は　三十余国をおさめ
かつ半島南部に兵を送り　伽耶国《かやのくに》に任那《みまな》をつくる
西に馬韓　東に辰韓《しんかん》　三国互いに覇権を競う
卑弥呼の卑は　民兵千人といわれるけど
女将のわて鮮婆は　太陽の日皇女《ひのみこ》と想うんだ

＊1　佐紀は畿内ではもっとも古い古墳群の名称。『百舌鳥・古市古墳群と土師氏』大阪府立近つ飛鳥博物館編発行、二〇一九／八／三、29〜92頁。＊28参照。

＊2　狢（むじな）、山の獣（しし）または狸。『古事記』倉野憲司校注、岩波文庫、黄一―一、一九六三、二〇一八／七／二五、第88刷、22頁。ここでは水蛭子《ひるこ》。

美事な巫女じゃ

器量よしの　気取らない　優しい女将
どこの馬の骨とも知らないあたいを
甘やかさず叱《しか》らず　こぎ使うことなく
行く行くは卑弥呼の曽孫に　とでも想ったか

ところがある日夕餉どき　女将は声を荒げる
サキよ　置屋に身重の女がいる　急ぐのじゃ
女を島北端大浦の　産土神社《うぶすなさま》に連れて行け
九歳《ここのつ》のおまえなら　きっと出来る

青天の霹靂とは　こういうことか
臨月の女の手取り足取り　転《こけ》つ転《まろ》びつ
産土神社にたどりつくや　宮司はただちに産婆に変身
痛みはきついか　ならば梁《はり》から下がる綱につかまれ

この布と箸を噛むのじゃ　そら　息むのじゃ
サキ　湯をわかせ　熱湯にするのじゃ
産着　寝巻　紐はここに置け
そら　息むのじゃ　死に物狂いで息むのじゃ

赤子は出たいとき　自ずと出てくる
潮の満干に呼応して　痛みはくりかえす
痛みはお中《なか》の収縮のせいじゃ　大丈夫
そら　息まぬと　死産か　蛭子《ひるこ》[*3]じゃぞ

そーら　生まれた！　赤い髪の男の赤子じゃ

サキ　後産《あとざん》はこの高床《たかとこ》したの　産土《うぶすな》に埋めな
産褥《さんじょく》が終るまで　面倒みな　これで三度目じゃな
よくやった！　すでに見事な巫女《みこ》じゃ　シャマンじゃ

おまえは神の霊　死者の霊と交じわれる
おまえの御魂《みたま》は　今後二千年は生きられる
予言もできる　だがサキよ　今は赤子の無事を祈れ
神に憑《つ》かれて我《われ》を忘れ　ひたすら祈れ

対馬大浦の宮司曰く〈命のかぎり進むのじゃ〉
さらに厳原の女将の勧めに押され　サキ十三歳にして男装し
倭国本土に向けて発つ　卑弥呼二四七年没し　娘壱与《いよ》女帝に立ち
一時は治まるが　初期ヤマト連合の内乱長引く*4
四世紀後半纏向《まきむく》遺跡より　山陰山陽に関わる土師氏関連の土器出土
との便りを耳にし　サキの好奇心いよいよ高まり　因幡を経由し

山陽は備中真備《まび》に立ちよる　後に隣国任那《みまな》に二万の兵を
送り出した真備村二万《にま》の郷　サキはここより海路で淀川に向から

＊3　『日本書紀上』日本古典文学大系67、一九六七、一九八二／一二／一〇、第17刷、82〜83、88〜89、553頁。ここでは蛭子は不具の児、発育不全の児。
＊4　西川寿勝「継体天皇、四つの王家の謎」『継体天皇、二つの陵墓、四つの王宮』新泉社、二〇〇八／八／一、13〜15頁。

畝傍山に立ち

数百年の稲作文化[*5]が定着し　豪族財をなし覇を競う
淀川・大和川河口では　壮大な百舌鳥《もず》・古市古墳群が築かれる頃
サキは二万《にま》の郷で　運命的な出会いを遂げる
西国《さいごく》中探しても見当たるまい　逞しいイケメン悠太だ
サキはひと目見て心奪われ　枕を共にしてもと思う

その想いを必死に圧え　倭国中枢部へと急ぐ
三六九年日本は百済《くだら》と組み　新羅《しらぎ》を破り日本府任那《みまな》を築く
四七八年宋に使を遣わし〈東は毛人を征し　西は衆夷《しゅうい》を服し
北海を平ぐこと　二一六国に及んだ[*6]〉と壮語する

サキは逢坂に向かいつつも　宋の国　任那の県《あがた》も見たかった

飛鳥の土師《はじ》氏にまつわる遺跡だけでも　山陽は
四御神《しのごぜ》　長船《おさふね》　邑久《おく》　三石《みついし》　野見宿禰《のみのすくね》神社*7など
興味つきない遺跡を巡ると　中々逢坂には到れない
淀川大和川河口に辿り着くや　百舌鳥《もず》古市古墳群が
特に応神帝の壮大な誉田《こんだ》御廟山《ごびょうやま》古墳　世界最大の仁徳陵

土師の里遺跡など二四二基の墳墓が　犇めきあっている
記紀の記述は各々異り　前者の神話性は特に強い
素戔嗚尊《すさのおのみこと》が然《さ》る飾りを噛《か》んで噴き出した霧の中に
生まれた五神の一人が　天穂日命《あまのほひのみこと》
『古事記』では　出雲臣《いずものおおみ》と土師連《はじのむらじ》は同命を同祖としている
土師連の始祖野見宿禰《のみのすくね》の奏上により〈今後は陵墓に必ず埴輪を立て
人を損なうな〉とのことばを賜わる

この言葉こそ人類史上画期的変革だと　サキは感服する
日本武尊《やまとたけるのみこと》の白鳥陵は　尊が白鳥と化して天に昇り
中は空しいので陵守《みささぎもり》は不要と言われ　陵守は白鹿となり

走り去ったと　これぞ神話の心髄だと　サキは思い
神話と史実が混交する倭国の曙に　深く打たれる
そこでサキは　神武の皇居たる大和畝傍山《うねびやま》の頂に立ち
如何にして　倭国が今の姿に到ったかと
憶いはじめ　一書《あるふみ》の冒頭の件《くだり》に　想いをはせる

古《いにしえ》に天地《あつち》未《いま》だ剖《わか》れず　陰陽《めを》分《わか》れざりしとき
渾沌《まろか》れたること鶏子《とりのこ》の如くして　溟涬《ほのか》にして牙《きざし》を含めり＊8
古とは一体いつ頃のことか　地球創生四十六億年前より
カンブリア紀を経て三億年前までは　鶏の卵黄のごとく
渾沌としており　やがて葦の牙《め》がのぞきはじめる

この牙こそ国常立尊《くにのとこたちのみこと》といい　やがて伊奘諾尊《いざなきのみこと》　伊奘山尊《いざなみのみこと》など
神世七代《かみのよななよ》の神々を生み　のちの八百万《やおよろずのかみがみ》　神々となる
その元は陽神《をかみ》の元《はじめ》の処　雌《め》の元の処に合せむと思欲《おも》うことに始まる
サキの立ち寄った吉備子洲《のこじま》　淡路洲々《あわちのしまじま》を生み
サキの生国壱岐対馬は　潮《しほ》の沫《あわ》の凝《こ》りて成れる　と

＊5　佐藤洋一郎『イネの文明』ＰＨＰ新書、二〇〇一〈七千年前長江下流域でイネの栽培確認〉
・佐藤洋一郎『食の人類史』中公新書２３６７、中央公論新社、二〇一六／三／二五、１１３〜１４３頁。〈弥生期、二三〇〇年前より〉
＊6『日本史探訪２』文庫５３５２、角川書店、一九八三、一九八七／六／二〇、２〜８頁。
＊7　舘野和己、広瀬時習ほか＊1、8〜33、53〜54頁。
＊8『日本書紀上』、＊3、76〜83頁。

耳成山に立ち

耳成山《みみなしやま》にサチは立ち　神代[*9]への憶いを深める
億年がたち　渾沌たる卵黄が天と地に分かれ
また億年がたつと　葦芽《あしかび》が芽生え国常立尊《くにのとこたちのみこと》となる
尊は天の陽神《をかみ》となり　地には比古尼《ひこじ》なる神が生ず

比古尼なる陰神《めかみ》曰《のたま》はく〈憙《あなうれ》し　可美少男《うましおとこ》に遇ひぬ〉
陽神曰く〈憙し　可美少女《おとめ》に　遇ひぬ〉
二の神《ふたはしら》却《かへ》りて　さらに相遇《あ》ひたまひ　合交せむとす
ここに陰陽《めを》始めて遭合《みとのまぐはひ》して　夫婦《をうとみ》となるも

その術《みち》知らず　ときに鶺鴒《にはくなぶり》来たりて首尾《かしらを》を揺《うごか》す
二の神見《みそなは》して学《なら》ひ　交《とつぎ》の道を得る
サキは憶う　何という微細なエロスの極致かと
そのエネルギーこそ　火神　日月　山川草木を生み

八《や》百万《およろず》の神々を生み　爆発的に微生物を生むのだと
七百万年前　すでに細胞内にミトコンドリアができ*10
糖をエネルギーに変え　二百万年前渋い木の実を
火によって甘く調理し　脳にたっぷり溜める

二の神蛭児《ひるこ》を生む　次に素戔嗚尊《すさのをのみこと》を生むも無道《あづきな》しとし
根国《ねのくに》に遣《や》る　また雅産霊《わくむすひ》を生み　その臍《へそ》に
五穀《いつくさ》*11生ずるも　尊千五百《ちはしらいほほくら》の児を生み　一児は無奇道者ありと
嬉《うれし》きこと悪きこと　記紀は編《すべ》て記す
高天原《たかまがはら》から落ち　天香具山《あめのかぐやま》となる頂きに

サチは立ち　さらに憶うこと頻《しき》り　時に味粗高彦根神《あじすきたかひこねのかみ》
光儀華艶《よそひうるは》し　二丘二谷《ふたをふたたに》に映《てりわた》り　〈石川片淵《かたふち》　片淵に
目ろ寄《よ》しに　寄《よ》し寄《よ》り来《こ》ね　片淵に〉[*12]と歌申《うたよみ》す

神も夷《ひ》つ女《め》もともに麗しく　万象に冷えわたるとき
こよなく初々しい媛よ　石川の深い淵で漁《すなど》る吾の許へと
巧みに誘う施頭歌風の恋歌が「神代下《かみのよのしものまき》」に及ぶとは
この秀歌に打ちのめされ　サキは己れの無学に恥じ入る

＊9　『日本書紀上』、＊3、76～133頁。
＊10　NHK・BS3、二〇一九／一一／二三。
＊11　＊3、89頁。五穀については中国に基づくがそこでも諸説がある。ここでは稗、稲、粟、麦、大小豆と考えられる。
＊12　＊3、144～145頁。「神代下九段一―一」。

二　大和政権

土師氏の権勢

四世紀後半古王朝は垂仁帝のとき　伝承とはいえ
同母弟倭彦命《やまとひこのみこと》を葬ったとき　陵地の境に近習を集め
殉教者として埋めたが　何日も死にきれず
昼夜泣き呻《うめ》き　ついに死ぬと悪臭を放ち
犬や鳥が　その亡骸を喰いちらした
この悲惨な光景に　帝《みかど》は心をいため
今後は殉死をやめさせよ[*13]　と宣《のたま》われた

この奏上は　天穂日命《あめのほひのみこと》十四世孫野見宿禰《のみのすくね》による
しかし宿禰の潤色ではなかろうかと　サキは訝《いぶか》る

殉死廃止後　宿禰は喪葬管掌を賜わる
ある時は山口の防府にて　殯《もがり》*14をつとめる
六世紀後半　大型前方後円墳は造られず
埴輪も不要になると　蘇我馬子大臣《だいじん》方の
宿禰一族土師連《はじのむらじ》は　さる皇子を殺し蘇我氏に近寄る

一族の繁栄を願うのは　皇族貴族だけではない
上級下級を問わず　時代が下っても同じである
土師宿禰馬手は　造御竈司《みかまつくるつかさ》の副《すけ》となり
七〇七年帝としては　初の持統帝の火葬を司る
七三四年大地震が起き　天下の家屋悉く倒壊し
山は崩れ圧死者続出　川は塞がり地は割れる
二〇一八年七月六日古里真備も同じだと　サキは憶う

帝の朝夕の御膳を盛る清器を　進上するよう
土師連は　雄略帝に命じられ

贄土師部《にえのはじべ》*12となり　大膳職内膳司として仕える
壬申の乱では　土師連馬手は大海人皇子方で活躍し
白村江の戦では　唐に囚われた土師連富杼《ほど》らがおり
戦を指揮した蘇我氏との緊密な関係が伺われる
土師連の権勢の凄まじさに　サキは愕《おどろ》く

六五三年第二回の遣唐使として　土師連八手《やつて》は
第二船の送使として百二十人余を率い　渡航するが
薩摩沖で難破し生還者五名　八手も遭難したろうか
八〇六年桓武帝が死去すると　御斂*13に奉じ
誄《しのびごと》*14を奏上し　慟哭を行い　度々殯宮を訪れ
楯伏舞《たてふしのまい》*15を奏上する　土師連は甲冑　刀　楯を帯び
阿知使主《あちのおみ》を祖とする渡来系東漢《やまとのあや》氏一族が加わる

土師宿禰《はじのすくね》根麻呂は六八九年　同甥《おい》と藤原朝臣《あそん》史《ふびと》とともに
律令の選定役　判事に任命される

根麻呂も甥《おい》も史も　法律に通じていたからだ
平城京から長岡京・平安京に遷都した桓武帝に野見宿禰は
〈古風な殉埋は仁政に背いています　倭彦王子《やまとひこのみこ》の
故事にお従い下さい〉と進言し　自ら様々な像を造って
進上すると　帝は大いに喜び　埴輪[*16]と称した

帝は勅を出し　宿禰の菅原姓への申請を許した
七九〇年　菅原宿禰道長は　朝臣姓となり
秋篠宿禰安人も　朝臣姓を賜った
土師氏には四腹あり　毛受《もず》腹には大枝朝臣《おおえのあそん》を賜わる
毛受は　仁徳陵のある百舌鳥《もず》であり
土師氏は大枝の源だったことになる　ともあれ
枝が大きくなると　根や幹が毀れるように

子孫が繁栄しても　祖先は窮乏してしまうので
大江姓に変えたいと申請し　認可された

殉埋の代に造られた　立物《たてもの》即ち埴輪[*17]は
土師の里遺跡では　四世紀後半より七世紀まで
家形　犬形　馬形　楯《たて》形　鳥形　船形などが
赤田《あこだ》横穴群では　土師質亀甲形陶棺が見つかった
備前東半では　同様の陶棺が五二〇点以上もある[*18]

土師連は王族に仕え　一族の繁営を善しとした
桓武帝は土師宿禰に追尊として　正一位を追贈し
土師氏を大枝朝臣《あそん》とせよ　との詔を出し
延暦九年七九〇年には　秋篠朝臣姓を賜わる
秋篠は生駒東北端　佐紀古墳群の一隈を占める名門
そして従四位となり八七七年には菅原朝臣となる
何という出世ぶりかと　サキは呆れ返る

＊13　＊1、『百舌鳥・古市』9～13頁。
＊14　＊1、16～17頁、殯、贄、御斂、誄（しのびごと）等同右。
＊15　楯伏舞は直木孝次郎が注目した＊14項に関わる大切な行事、同右。

＊16　＊1、8・19頁。＊13〜＊15は王族埋葬関係。

＊17　＊1、立物《たてもの》などの土人《はにびと》即ち埴輪は円筒埴輪のあと四世紀後半〜七世紀に造られる。

＊18　間壁忠彦・葭子『吉備路／古代史の風景』岩波グラフィックス17、中村昭夫撮映、岩波書店、一九八三／九／二一、17、74〜75頁。

赤馬土偶幻想

五世紀後半雄略帝のころ　渡来系田辺史伯孫《ふびとはくそん》*19は
ある月夜誉田陵《ほむたのみささぎ》の麓で　赤馬に乗った人に会った
その馬は竜のように飛び跳《は》ね　鴻《おおとり》のごとく飛ぶ駿馬だった
伯孫は自分の葦毛の馬との交換を　願い出ると
心快く聞き入れられた　氏はその馬を自分の
厩に入れたが　翌朝馬は土の馬に変わっていた
不思議に思った伯孫が　誉田陵に行ってみると

自分の葦毛の馬が　土馬の間にいたので連れて帰り
代わりに　赤駿《うま》の変じた土馬を置いてきた

誉田陵は古市古墳群の　渡来系居住地だし
埴輪の馬は土師氏に属し　赤い土馬と深く関わる
つまり土師氏たちが　渡来の人たちと
いかに親密だったかが　うかがえる
何と興味ぶかい伝承かと　サキは舌を巻く

彼女の想いは　前三世紀西安《しーあん》の兵馬俑にさかのぼる
様々な装具と武具をまとった　等身大の八千体の人馬が
部厚い表土をふり払い　草原の樹林をふみ倒し
一斉に西の茜に向って　動きだすではないか
始皇帝は　己れの霊魂《たましい》と生前の生き様とが連綿と繫がり
永遠に大王として　君臨しつづけるのだと確信する
何万もの陶工たちの労苦と死など　顧りみず　顧りみず

西安から遥か西の　ゴビ砂漠をこえ　ミャンマーは
マンダレーをこえ　アラビア諸国の砂漠をこえ

ロンドンは　ハイドパークに到るや
沿道の巨大な橡《うまぐり》の　枝さし交わす並木のふもと
数十余頭の栗駒の馬たちが　鬣《たてがみ》なびかせ
ウェストミンスター寺院へと　闊歩する隊列の
息吹きと勇壮さが　サキの瞼を横切っては消え　横切っては

サキの幻想はさらに広がり　ロンドン南西
サウサンプトン軍港に行き当たる　くる年くる年
五万の兵と軍馬と武器弾薬を送りつづけ　都合二十万の兵を
南アに送る[*20]――数万の白系ブーア人を壊滅せんがため
かつ無尽蔵の金鉱占領のため　トランスヴァールおよび
オレンジ自由共和国と戦うためだ　詩人ハーディ[*21]は
「サウサンプトン港　一八九九／十一」と題して歌う

兵士たちが泣いていることに　気づいてないかのように
妻　姉妹　親たちは　白い手をふり微笑みかける

ある馬たちは目前の死闘を　予知してか
身を捩《よじ》り捩って嘶《いなな》き　ある馬たちは瞼を潤ませる
英国は二万六千の兵　ブーア人男女子供ほぼ同数が殺され
黒人二万六千が投獄され　十一万余が監禁され　いまも
バラモラル墓地には　無名の婦女子が埋ったまま　埋ったままだ

＊19　＊1、『百舌鳥・古市』、18、25頁。
＊20　*Encyclopaedia Britannica*, "South African War" の項。
　Cape Colony, Transvaal, Orange Free State 等参照。
＊21　Thomas Hardy, *The Complete Poems* "Southampton" 1930.
・「南アの金」、拙編『岡隆夫全詩集』和光出版、二〇一二／一、215〜219頁。

埴輪の造営

桓武帝七八一年　天穂日命《あまのほひのみこと》の第十四世孫野見宿禰《のみのすくね》は
〈古風な殉埋は仁政に背いています　倭彦王子《やまとひこのみこ》の
故事にお従い下さい〉と進言し
自ら様々な像を造って　進上すると
帝は大いに喜び　埴輪と称した*22
野見宿禰は埴輪の上進により　菅原姓を許された
菅原宿禰道長は秋篠宿禰とともに　朝臣姓を賜った

土師氏には四腹があり　毛受腹は大枝朝臣《おおえのあそん》を賜る
百舌鳥《もず》古墳群には土師《はぜ》遺跡　その北には日本最大の仁徳陵・大仙古墳

その南西には全国第五番目の　履中陵ミサンザイ古墳など
百舌鳥名を冠する古墳が　集中している
四世紀後半から七世紀まで　佐紀古墳群をはじめ
「土師の里」遺跡では　大々的に
家形　馬形　楯《たて》形　鳥形　船形等の埴輪が造られ

赤田《あこだ》横穴群では　土師質亀甲形陶棺*[23]が見つかった
備前東半では　同様の陶棺が五二〇点以上もある*[24]
また備中磯ノ上古墳後期では　円形　長方形の
スカシ穴のある　装飾須恵器が出土し*[25]
備中宮山古墳では　円形　三角　逆三角が
平衡に並んだ　スカシ入りの特殊な円筒須恵器*[26]が
備前邑久では　これらの窯跡が多く見られる
その窯でつくられたり　朝鮮からもたらされた
金色の太刀環頭　耳飾　鏡など　今も威光を放っている*[27]

卑弥呼の死後　早くも三世紀後半の円筒埴輪には
突帯があり　円形　半円形　三角　四角の
スカシ穴が見られ　さらにタテハケ　ヨコハケ
ナナメハケの　外面調整さえ見られる
これらの埴輪は　生駒山東北端の佐紀陵山《みさぎやま》古墳が
最古のものと　考えられるという[*28]

＊22　＊1、『百舌鳥・古市』、11、13、18～19頁。
＊23　同右、＊1、83～85頁、赤田横穴群五号墳より出土。
＊24　間壁夫妻『吉備路』、＊18、16～18頁。
＊25　同右、＊18、18～21頁。装飾須恵器。
＊26　同右、21頁。宮山古墳、古墳時代。
＊27　同右、25頁。八幡大塚、古墳後期。
＊28　市村慎太郎「円筒埴輪」『百舌鳥・古市』、＊1、68～74頁。

生駒山の頂に立ち

サキはさらに畿内ではかなり高い　生駒山頂に立つ
東には倭国の中核奈良平野がひらけ　北には最古といえる
佐紀古墳群があり　そこには平城宮跡　垂仁陵の
宝来山古墳　佐紀陵山古墳　菅原東・埴輪釜跡群
秋篠山陵遺跡　赤田《あこだ》横穴群　コナベ古墳など目白押しだ
西南には超重要な古市古墳群が　その西には
仁徳陵を初め　巨大な百舌鳥《もず》古墳群が犇いている

生駒山は　大阪府と奈良県をわかつ主峰
太古より野生馬がいて　大和朝廷では馬飼部が設けられ

駒ヶ谷　馬見古墳群をはじめ　馬に関する地名や古墳が
多く見られる　蔀屋《しとみや》古墳跡では各種の馬具とともに
手厚く葬られた馬の骨が見つかった[*29]　備前の榊山古墳では
馬形帯鉤《うまがたたいこう》六点揃いが出土し　その源は前数世紀まえの
イラン系遊牧民スキタイ文化が　発祥の地という[*30]

四世紀中ごろ以降　古市古墳群では二百m以上の巨大古墳
すなわち　応神陵　仲姫皇后陵　仲哀陵　允恭《いんぎょう》陵
墓山古墳　藤井寺陵　大和武尊白鳥陵があり　さらに
野中宮山古墳　古室山古墳　仁賢　安閑　清寧
雄略の各陵が集中し　二〇一四年までに分かっている
総数は一三〇基にのぼり[*31]　古墳群としては
百舌鳥古墳群をしのぎ　世界的にも類例がないかも知れない

最初は小規模な土器づくりから始まったにせよ
やがて大規模な古墳づくりとなり　様々な集団が関わり

作業内容も　現代の巨大ビル建築同様
築造箇所の選定　設計から資材の調達
作業員とその衣食住の確保　石室の組立てと副葬品
各類埴輪の造営　渡来系を含む技術者など
気の遠くなるような　造営となるだろう

九夜十日サキは　大小の方墳　円墳　前方後円墳等を調べ
その中で仲津山古墳　ヒシアゲ古墳　百舌鳥陵山古墳は
相似形であり[*32]　また野見宿禰は凝灰岩産地の近郊なので
二上山凝灰山の石棺造営とは　無関係ではなく
『古事記』垂仁帝の末尾に〈石祝《いしき》作を定め〉とあるのは
石棺の誤りではないのか　との推察[*33]を耳にし
最近の研究の進展ぶりに　声を失う

宿禰の石棺造営から　サキは稀有な閃きを覚える
古墳時代第一期三世紀後半から四世紀前半にかけ

三角　四角　半円形等のスカシ孔が　突帯とともに現われ
やがて円形のスカシ穴に統一され　その焼き方も
野焼きから　朝鮮式釜焼による須恵器に変わり[*34]
三世紀中葉に始まった　円筒埴輪の生産は
卑弥呼の没年二四七年と　期を一にしていることを知る

三世紀中葉から後半にかけ　桜井市箸中に造られた
最古の大古墳の一つに　箸墓古墳がある　この古墳こそ
卑弥呼の墓ではないか　とする説[*35]があり　頷ける
その真偽はともかく　弥生末期二三九年　中国の魏王より
卑弥呼は　親魏倭王の称号を与えられる
女帝は吉備の国鬼城《きのじょう》を根城の一つに　西の守りを堅め
大和全土を治めんと　企てたかも知れない

＊29　＊4、『継体帝』19頁。
＊30　間壁忠彦「馬形帯鉤」「吉備考古学散歩④」『朝日新聞』一九九二／一／八、22頁。
・間壁忠彦・葭子「榊原古墳と千足古墳」『日本の古代遺跡23、岡山』大阪、保育社、一九八五

／九／三〇、21、123〜124頁。
＊31　＊1、市村「古墳造り」3頁。
＊32　＊4、「土師《はぜ》ニサンザイ古墳は今城塚の祖形」46頁。
＊33　＊2、『古事記』129頁。
＊34　＊1、市村「円筒墳輪」66〜67頁。
＊35　＊10、NHK・BS3、二〇一九／一一／二三。

三　吉備「中の圀」の文化

二万への帰還

サチは来た　見た　見すぎた　しかしまだ見足りない
北の佐紀　南の大和　西の百舌鳥古市古墳群
すべて別天地だった　そして再び辿る道やもしれず
彼女の脳裡から　消え去ることはないだろう
　サチ　命のかぎり　突き進むのじゃ
対馬大浦での託宣を賜わり　二千年余は感受できる
畿内からの途次　サチは古里二万《にま》での想いにふける
船尾村又串堰の赤《あか》御影《みかげ》の嵩石《かさいし》より　悠太が飛びこむ
サチは川下の岸辺にしゃがみ　ズロースをずらしつつ

悠太をまじまじ　見入っている
かつて寺塾の道すがら　二人になると
サチは叔父にもらった京土産の
煌《きらび》やかなチララッタを　五分方下ろすや
勾《まが》りの玉がちらりと見えた　かに思われた

悠太は一気に飛びこみ　踝《くるぶし》をくじく
その痛みは　母にも餓鬼にももらさなかった
痛みはいつかは癒えるだろう　癒えるだろう
流れるものは流れ　消えゆくものは消え去ろう

一九四四年毎水曜　わが村二万の若衆撓《たわ》をこえ
祖父の牛蒡《ごぼう》畑は檜皮《ひわだ》いろの岩に　すっくと立ち
　われ河勝の子孫　お国のために征って参《めい》りあす
悠太が誓うや　村主《すぐり》は叫ぶ
　悠太の武運長久を祈る　万歳々々！

村びと挙《こぞ》って旗をふる　旗をふる
眼下を望めば高天のもと　高梁川《たかはし》は悠然と流れ　悠然と

うちの父《と》っちゃんはね　ホラネ*36
水島沖《みずしーま》で　鯛や鮃目を釣るなーえ　ホラネ
愛宕山《あたご》かーら　谷底見《みー》れば　ホラネ
瓜やナスビの花が　咲くなーえ　ホラネ　ホラネ

備中は高梁川支流　小田《おだ》川沿いの二万《にま》の郷
吉備真備の母子《おやこ》の国里　二万の郷
六六〇年　半島百済《くだら》からの懇望により
六六三年　半島南西白村江《はくすきのえ》に二万《にまん》の兵を送る

盟友百済と　わが連合軍は
世界に冠たる唐＝新羅《しらぎ》連合軍と
昼夜分かたず　死闘をくりかえす

どうして婆ちゃん　二万もの兵　送れたの
百済の本陣もろくも砕けちり　歴史から消える
倭国はその機に　退くべきものを
超大国唐との海戦にさらに挑み　黄海の藻屑と化す

かくて悠太も　サキも
魚捕《さかなと》りも　鉄砲撃ちも
誰ひとり　二万《にま》の里曲《さと》を
踏むものは　いなかった

悠太の祖母は　峠の焼場の縁《へり》にへたり
ながい竿で　臓腑《はらわた》を肋《あばら》に掛けかえるや
屍臭の煙に鼻はもげ　目をつぶす
七月六日一夜にして　豪雨にのまれ　家ごと流され
爺と婆と子供たち　寡婦《やもめ》たちの
死体の山を　焼き尽さんと　尽さんと

婆やはうす紫の煙の狭間を　うろつきまわる

婆や　いま還《かえ》りました！
サキですよ　悠太もいますよ
空耳か　幻かと　お想いでしょう
でもこの声　サキの声ですよ　佐紀《サキ》ですよ！

婆や　悠太だよ　悠太《ユウタ》！
婆やの温い膝枕で眠りたい　眠りたい
古里二万王国の山すそで　山すそで
壮絶なる野戦　惨憺《さんたん》たる海戦などみな忘れ

還ってくれたか　達者な悠太よ　優しいサキよ
あゝ　七十年まえの　壊滅的敗戦！
一日でも早く止めてたなら　サキよ　止めてたなら
三百十余万の自滅など　なかったろうに

婆やが咽《むせ》び　大息をついていると
焼場の九穴に足をとられ　手をとられ
通り雨の走りが　たちまち天地を覆い
急転直下稲妻が　曽孫《ひまご》たちの脳天をうち砕く

＊36　千歳楽の子供版「砂モチ」の囃《はや》し唄。＊83、84～85頁参照。

邪馬台国初代女王　卑弥呼

壱岐対馬で賜った託宣が　つねにサキを刺激する
　命のかぎり　突き進むのじゃ
三世紀中葉　倭国を治めた卑弥呼とは？
邪馬台国とは　一体どこにあるのか
大和を核とする畿内だったか　九州だったか
その中の圀たる　備中だったか

現ソウル帯方郡を経て　遥々魏まで使いした
外務大臣難升米《なしめ》とは　どんな人物だったか
かれの才智と忍耐により　魏王明帝から

親魏倭王の称号を授かった　女王ヒミコは
単に三十余国を支配した　豪族のひとりではなく
孝元帝の皇女　倭迹々日百襲姫命《やまとととひももそひめのみこと》[37]に当たるとも言われ

容姿端麗にして　思慮深い知見をそなえた美帝[38]だったとも
そのヒミコは後の夫　大物主神《ぬしの》に曰く[39]
君常に昼に見えたまはねば　尊顔《みかほ》を視ること得ず
願くば暫《しばし》　留りたまへと　大神対《こた》へて曰《のたま》はく
吾明旦《われくるつあした》に汝が櫛笥《くしげ》に入りて　居らむ
願はくは　吾が形に　な驚きましそ

ここにヒミコ心の裏《うち》に　密《ひそか》に異《あやし》ぶ
明《あ》くるを待ちて　櫛笥を見れば
遂《まこと》に美麗《うるは》しき小蛇《こおろち》有り　其の長さ太さ衣紐《したひも》の如し
則ち驚きて叫哭《さけ》ぶ　大神忽《たちまち》に人の形と化《な》りたまふ
仍《よ》りて大虚《おほぞら》を践《ほ》みて　御諸山《みもろ》に登ります

爰《ここ》にヒミコ仰ぎ見て　悔いて急居《つきう》[*40]
乃《すなは》ち大市《おほち》に葬《はぶ》りまつる　號《なづ》けて箸墓[*41]と謂《い》ふ
是の墓は日《ひる》は人作り　夜は神作る
　大坂に　継《つ》ぎ登れる石群《むら》を
　手渡伝《たごし》に越さば　越しかてむかも

自ら神と諸霊と交信できるサチは　この伝承の
奥にひそむ摩訶不思議な真相を　直観する

三輪山一帯を支配する大物主神《ぬしの》は　蛇に化身し
夜な夜な　ヒミコの下草に忍びこむ
衣紐《したひも》のたとえから　夫婦の交りを連想させる
ヒミコは悔いて　腰をぬかしどすんと坐ると
箸が陰部にささって　亡くなる
箸は人の形となった大神の　陰茎を想わせる

つまり三世紀弥生終盤　アミニズムと
ヒューマニズムの　混然とした未分化の時代にあって
前者の霊界が　物欲　権力欲を目ざす人間界を
凌駕したことの　何と巧みな象徴であろうか
ヒミコ前後の二、三十年　三十余国が割拠して覇を競った
そうした豪雄たちの中に　彼女の男弟がいて

彼女を全面的に　バックアップした
一説によれば　彼こそ開化帝だったと言われる[*42]
彼は門閥を笠に着て　計略をめぐらし
返って連合国を困乱に導く　ヒミコの死後
十三歳の壱与《いよ》が女帝となり　やっと治まる
サチの古里真備の東に　吉備津神社があり

温羅《うら》退治の伝説[*43]がある　大和政権から派遣された
大将軍は　吉備津彦命といわれ

ヒミコの叔父に当たるといわれる[*44]
温羅は吉備津彦と　互に矢を射かけて戦う
矢が落ちた所が矢喰宮《やくいのみや》　温羅の血潮で染った血吸《ちすい》川
温羅は鬼ノ城《きじょう》を根城に　死に物狂いで戦うが惨敗する

鬼ノ城は吉備高原最南端　標高四百mの山城で
瀬戸内海の児島まで　一望できる
三kmに及ぶ土塁と巨石の上に築かれた　朝鮮式の山城で
近くには　吉備津彦を祭神とする神社がある
そこにはお釜殿があり　吉備津彦に退治された温羅の
首が埋められ　その釜鳴りで吉凶を占う神事が今もある[*45]

＊37　＊6、42〜43、127頁。
＊38　「女王卑弥呼」栄永大治良画『朝日新聞』二〇一六／九／一五。
＊39　＊3、246〜248頁。
＊40　＊3、247頁。「どすんとすわった」の意。
＊41　＊6、154頁。現在の桜井市、香久山の南東。
・『朝日新聞』二〇二〇／五／二三、18頁。邪馬台国についての「所在地論争盛り上がる」

＊42　＊6、205頁の系図参照。
＊43　＊18、43〜49頁。
＊44　＊6、205頁の系図参照。
＊45　＊18、41〜57頁。

吉備真備と阿藤伯海

サキの里倉敷市真備町二万《にま》の隣村　船穂《ふなほ》村水江に
縄文後期の里木《さとぎ》貝塚があり　二十体近い人骨が出土した*46
ＢＣ三世紀ころ稲作が始まり*47　鉄器が使用され
ＡＤに入ると鉄器がさらに普及し*48　塩がつくられる*49
二世紀末小国が成立し　大和では三輪勢力が支配する*50

吉備に吉備国が誕生し　大形古墳が大和とともに築かれ*51
五世紀になると吉備と大和の連合や抗争が始まる
大和王権の伸長は早く　吉備は大和の直轄領と化し
吉備分国となる*52　七世紀中葉　飛鳥　白鳳　天平へと移り

九世紀平安京となって　ひとまず落ちつく

大和時代吉備の三傑[53]がいるが　主に吉備真備に触れたい
彼の本名は下道真《しもつみちま》吉備《きび》　推定六九五年生まれ[54]
功成り名遂げ　七七五年八一歳で亡くなった際の官職は
右大臣正二位勲二等吉備朝臣真備であった　遣唐留学
十八年年間を終え　藤原仲磨呂の乱　同宇合《うまかい》広縦の乱を制す

真備は七五二年再度　遣唐副使として派遣されるが
帰路暴風に遭い　四艘ばらばらに漂着し
大使藤原清河は　沖縄で座礁し生涯中国にとどまる
この時鑑真と従者八名　副使大伴古麻呂の舟で来日
この激動期に　真備は東大寺長官[55]となる

なぜ真備の姓が下道《しもつみち》だったか　古代備中《びっちゅう》行政区では
高梁川支流小田川の南に　浅口《あさくち》郡　北に小田郡

その北東に下道《しもつみち》郡が　高梁川沿いに長く横たわっていた
真備の父下道圀勝《くにかつ》　弟圀依は　東隣賀夜《かや》郡の支援をうけ
下道は吉備「中の圀」を支配する　豪族であった

七世紀半ば百済出兵前夜　中大兄皇子[56]が二万《にまん》の兵を
この地で集めたという伝承を　残した土地柄である
サチはこれまで二万《にまん》の出兵は　小田川北の二万《にま》大塚古墳[57]
とばかり鵜呑みにしていたが　それぞれ異った伝承や
説話はひとまず受けとめ　吟味すべきではと思い直す

和銅元年七〇八年真備の祖母　下道圀勝・圀依の母夫人が
亡くなり　現倉敷市真備町と小田郡矢掛町の境より
鋳銅骨蔵器が出土する[58]　その蓋《きぬがさ》には圀勝・圀依の
名が見える　圀の文字は真備が中国で学んだ則天文字
夫人は高位の女官に付される敬称[59]　さらに女性の火葬骨！

何と驚愕すべき逸品だろう　それが真備の祖母のものとは！
彼女の名は吉備朝臣由利　真備の妹か姉かは不詳
彼女こそ称徳帝最晩年の病床に　出入《はり》りできた
後宮女官最高位　三位の官職にあったとは！
その蔵器の銘文は　恐らく青年真備のものだったろうと*60

サキの真備町二万《にま》を南にこえると　浅口市六条院東は
漢詩人阿藤伯海《あとうはっかい》の生地がある　昭和十九年大戦末期
彼は五十歳にして東大教授を辞し　六条院に隠棲する
鬼畜米英撃ちてし止まんを日々耳にし　家持《やかもち》の古歌
　海行かば水漬《みづ》く屍　山行かば草生《む》す屍

を歌わされる喧噪の東京を　忌避しての帰還である
漱石を継ぐ　最後の大漢詩人伯海には八藤門会があり
元日銀総裁三重野康　高木友之助　清岡卓行等がいて
卓行は自著『詩礼伝家』で　真備の生涯を称えた

伯海の絶筆「右相吉備公館跡《やかたあと》」にて　真備を絶讃する
伯海の五言俳律百四十字十四韻の末尾は　こう結ばれる
　想見三朝政　想ひ見る　三朝の政
誰疑右相忱　誰か疑はん　右相の忱《まこと》
我生千歳晩　我れ生るること　千歳晩《おそ》し
掩涙對蒼岑　涙を掩《お》ひで　蒼岑に対す

伯海二十年に及ぶ退隠時代を締めくくる　絶品である
帰省するなり大地主であった伯海は　小作人たちを招いて
酒肴を出し　耕作地を無料で分配すると述べ嘲笑されるや
わが臥龍庵には　老松と幾巻もの貴重な書籍が溢れていると
そして漢詩集『大簡詩草』と　真備を称えた詩碑を残す[*61]

＊46　現在は倉敷市船穂町船穂里木、＊18、29頁。
•『たましま歴史百影』倉敷、たましまテレビ放送編発行、二〇一七／一〇／一、6〜12頁。
＊47　＊5、佐藤洋一郎『イネの文明』二〇〇一。『食の人類史』33〜265頁。

＊48　＊18、27頁。

＊49　＊18、30〜32頁。元岡山大教授近藤義郎の製塩土器の研究がある。

＊50　＊18、74頁。

＊51　＊18、75頁。

＊52　＊18、75頁。

＊53　吉備真備（６９５?〜７７５）、阿倍仲麻呂（６９８〜７７０）、和気清麻呂（７３３〜７９９）。阿倍は真備とともに渡唐、玄宗皇帝に寵遇された。帰路海難に会い、在唐五十余年長安で没す。

　天の原ふりさけ見れば春日なる

　三笠の山に出でし月かも　を残している。

和気は備前出の奈良の官人、道教の野望を制し、後半に平安遷都に尽力した。

＊54　間壁忠彦・間壁葭子『奈良時代・吉備中之圀《くに》の母夫人と富ひめ』岡山、吉備人出版、二〇一九／一二／一八、21頁。

＊55　同右、25頁。

＊56　天智《てんじ》帝の別名・中臣鎌足と図って蘇我氏を滅ぼし、大化改新を断行、大津宮に遷り六六八年即位、近江令制定。

＊57　箭田大塚古墳ともいうか。中大兄皇子が二万の兵を集めたのはこの古墳が中心なのか、それとも、その北の下道郡あたりを指すのか。現在の真備町一帯をさすとも言われる。その地は「邇《に》摩《ま》郷」と言われた。＊54、１０５頁。

＊58　＊54、55〜64頁。

＊59　＊54、65〜97頁。

＊60　＊54、１１３〜１１９頁。

＊61　伯海の真備を称えた詩碑は、浅口市金光《こんこう》と倉敷市真備町に、同じものが二基ある。

イコン画家山下りん

サキの里二万《にま》の隣　倉敷市柳井原にハリストス正教会[*62]があり
そこに聖像《イコン》画家山下りんが模写した作品が　祀られている
りんは明治三年一八七〇年創立の　工部省美術学校に入学
イタリアからの宣教師ニコライより　洗礼を受け
八〇年油彩を学ぶため　ロシアに二年余留学する
りんは幸運にも人文主義のイタリア絵画と　民族主義の
ギリシャ絵画の双方を学ぶが　後者を強いられ苦しみぬく
りんはラファエロ[*63]のような個性尊厳の絵を　描きたかったが
許されず　古典画法のイコンの模写を強いられ　苦悶の末

退学する　翌八九年復学し　イコンの製作に専念する
岡山大大学院鐸木道剛《みちたか》*64教授は　りん一人のお蔭で
西欧中世の美術が日本近代美術に繋がったと　評価は高い
柳井原正教会には　りんによる「ハリストス復活」
「斜め向きのキリスト」「聖母子」があり　いずれにも

確かな裏書きがあり　今も浅野久吉牧師が継いでいる
りんは柳井原に来たことはなく　東京の女子神学校で
ひたすらイコンの模写に専心する　サキはふと閃く
「斜め向きのキリスト」の尊顔を　極細の筆で仕上げていると
主の霊がりんの霊に乗り移り　烈しい眩暈《めまい》を覚える
その瞬間よりイコンの製作に命をかけたのだと　その後
りんは倉敷の加須山を始め　岡山　津山　玉島等に送り続ける

主の霊がわたしの霊に乗り移るイコンが　描けるならば
わたしが生きることは　無駄ではないでしょう

名古屋の岡崎教会が大戦のため　イコン共々焼失しても
加須山の秋田三代吉・今《いま》の夫婦墓《みょうと》が　埋め尽されても
柳井原の斜傾の足台をもつ十字架が　吹っ飛ばされようとも
わたしが生きることは　無駄ではないでしょう
野の百合がひと知れず咲き　瞬時に散り果てようとも

＊62　ハリストス、Khristos（露）キリストのこと。
＊63　ラファエロ、一四八三〜一五二〇、ルネサンスの画家。
＊64　鐸木道剛、一九七四年東大文卒、ベオグラード大留学、岡山大大学院教授、ビザンティン美術、日本のイコン研究など。
・鐸木「山下りんは生涯イコンの本道である模写しかしなかった。それが岡山にある」『F＆A』51号、岡山富士印刷、二〇〇九／九／三〇、2〜6頁。
・鐸木等『岡山のイコン』岡山文庫234、岡山、日本文教出版、二〇〇三／二／一九。

装飾須恵器とアクセサリー

造山《つくりやま》古墳[＊65]こそ吉備勢力の威容を誇る　日本屈指の古墳である
その南に榊原《さかきばら》古墳があり　今から百年余前きわめて珍しい
馬形帯鉤《うまがたたいこう》なる偏平な青銅の馬六個　金環一個が出土[＊66]した
馬の左前足が前にのびて順次つながり　輪で締められる
吉備の王者か渡来の貴賓が身を飾り　一層艶《あで》やかさを増したろう
隣国製のこの帯鉤は　中国では胡《こ》族が愛し
その源は遥か黒海沿岸の　スキタイのものという

装飾須恵器とは　壺の肩などに人物　動物　小壺などを
あしらった須恵器であり　六世紀ころ全国で百十余個のうち

岡山には十五例もある　中には馬らしい動物がいるが
牙があるので猪なのか　それに馬乗りになった人物がいて
周りには犬が二匹吠えている　吉備野での狩[*67]の場面か
被葬者の武勇伝として　部下たちが心をこめて
丹念に作りあげ　崇め奉ったものなのか

サキの郷二万《にま》西南に　笠岡は山口・走出《はしりで》の村があり
峰には長福寺裏山古墳がある　前方後円墳　円墳
帆立て貝式など五基が　五世紀後半築かれ　その円墳の
箱式石棺には須恵器の壺　小孔のある𤭯《はそう》　杯《つき》の三点[*68]があり
これらは揃いの酒器であろう　被葬者は玄界灘を往来した
酒豪だったか　その酒は濁酒《どぶろく》だったか　マッカリだったか
あるいは紹興酒　それとも稀有な密造のワインだったか
今も金色に輝く太刀環頭一対　環の中には竜頭の図案
イアリング一対　垂《つ》り飾り付イアリング　雁木玉数個

きりっと結んだ口元に　悲しみを滲《にじ》ませた眼孔の埴輪[*69]
多くは中国製　韓国製だが　伝来の技法のものもある
吉備の王者は大枚をはたいて　入手したのだろうか
遣唐使からの貢物　あるいは大和中央権勢への
見せしめに　他部族との闘争で分捕ったものなのか

女男岩《みょうといわ》遺跡なる貴重な古墳[*70]が　造山古墳と新幹線の間にある
そこには脚台付円筒のうえに　瀟洒な家があり
漢代の優雅な桜閣を偲ばせる　五十cmほどの作品だが
平らな棟の瓦と　幅広い軒の瓦には
控えめな反《そ》りがバランスよく設けられ　気品を湛えている
それが何と三世紀中葉　卑弥呼の時代のものという
吉備文化の早い開花と　そのゆとりがうかがえる

＊65　全国で第四位の巨大前方後円墳、全長３５０ｍ。岡山市新庄下、その南に千足古墳等がある。
＊66　間壁忠彦「榊原古墳の馬形帯鉤」『朝日新聞』吉備考古学散歩④一九九二／一／八。
＊67　間壁葭子「須恵器小像〈狩〉」同右⑤一九九二／一／一五。

・間壁夫妻『母夫人』＊54、扉写真Ⅳ、＊18、20頁。

＊68　間壁忠彦「酒器三点セット」＊66②一九九一／一二／一〇、五世紀後半。

＊69　間壁忠彦・葭子『日本の古代遺跡23、岡山』一九八五／九／三〇、24頁。＊18、24～25頁。

＊70　同右、11頁。

・間壁忠彦「吉備国の桜観」『朝日新聞』一九九二／六／二四、㉔回目。

吉備の瓦経と浜田庄司

小山のふもとに　韓国のお墓に似た土饅頭*71がみえる
何とそれは数百枚にのぼる　瓦経の塚であり
倉敷市浅原《あさばら》　安養寺裏山第三経塚である
焼きの甘い瓦経だったため　元の粘土の塊になっている
間壁忠彦はその塊を一枚づつ剝がし　筆で洗って
文字を探す　その作業は困難をきわめ二年を費やす
そこには心経　法華経　阿弥陀経はじめ
金剛経　法華三昧行法　日本大蔵経など　十種をこえる
他方岡山県北美作《みまさか》鏡野町円通寺には　完全な瓦経が

保管されており　平安後期の文字が刻まれている
この延久三年の刻印のある瓦経は　国内最古だという[*72]
この瓦経は　金光明経七十枚に相当し
同市間山《はしたやま》瓦経塚のものと　完全に共通し
ここには他に三経あって　五百枚にも達するという

三十年近く前　岡山城下に造られた百間川河床遺跡を調査した際
一片の瓦経が発見され　それは明治時代
小丸山で出土した法華経と同じであり　十三行づつ表裏に
写経され　都合百五十枚に相当するという[*73]
岡山市街東郊の沢田小丸山に　一片の瓦経が見つかり
近くの恩徳寺に保管され　硯として利用されていた
実は鳥取倉吉市の　大日寺瓦経塚の一枚だと見なされた

瓦で想い当たるものに　イギリスは西南端コーンウォール半島に
U字溝三面すべて瓦でできた小径がある

馬車がやっと通れるほどの　狭い小径で
その床面は隙間なく瓦がびっしり　垂直に敷きつめられ
轍《わだち》の跡も形も見られない　それに対し両側面の
瓦はすべて寸分の隙間なく　垂平に重ねられている
日本の粘土質の瓦経と異なり　偏平な変成岩と思われる

この摩訶不思議な瓦径《みち》の塊に　トマス・ハーディ[*74]は
すっかり心奪われ　雨の日は雨の小径を
風の日は乱吹く小径を　幾度となく漫《そぞ》ろ歩き　懸案の
尋常ならぬ長篇を書き上げる　大西洋とイギリス海峡に
突きでたこの辺境の地に　陶工浜田庄司と陶友リーチ[*75]は
窯を築き　幾多の逸品を世に残し　後者は陶工の書をかき
両者はともに民芸運動に加わり　芸の道に専念する

＊71　間壁忠彦「瓦経解説」『朝日新聞』㊿一九九三／四／一。
＊72　間壁忠彦「最古の瓦経」同右㊾一九九三／四／八。
＊73　間壁忠彦「沢の小丸山の瓦経」同右㊿一九九三／四／一五。

＊74　＊21、『ハーディ全詩集』原典英文、一九三〇。

＊75　浜田庄司（一八九四～一九七八）文化勲章。
バーナード・リーチ（一八八七～一九七九）、香港生まれの陶工、一九〇九年来日、二十年帰英、セント・アイヴズで作陶に専念する。

四　吉備王国の盛衰

吉備巨大古墳群

壱岐対馬は厳原で生をうけ　いつとはなしにサキと呼ばれ
左に曲がり右に折れ　いまこうして日本最古の佐紀古墳群を
経回っている自分は　どんな星の下に生まれたのだろう
奈良県北部生駒山の東　早くも三、四世紀から始まった
佐紀古墳群は　平城宮跡　垂仁陵　菅原東遺跡
秋篠・山陵遺跡など　名立たる遺跡が犇いている

もっとも　巨大古墳は一朝一夕にできるわけではない
卑弥呼が活躍した三世紀には　すでに円筒埴輪[*76]が作られ
四世紀に入ると　朝鮮からの窯焼きによる技法により

須恵器に進化し　さらに井戸や陶棺に転用されて広まった[*77]
こうした積み重ねによって　先ずは佐紀古墳群から
百舌鳥古墳群　生駒山麓の古市古墳群へと直ちに伝わる

中でも桜井市箸中にある　最古の前方後円墳の一つに
全長二八〇ｍの箸墓古墳があり　倭迹迹日百襲姫命《やまとととひももそひめのみこと》の
墓とする伝説があり　卑弥呼の墓とする伝承もある[*78]
記紀に記された五世紀半ばの大仙古墳こそ　仁徳陵に
比定された日本最大　四八五ｍに及ぶ王墓であり
租税を三年間免除した聖帝であり[*79]　歌の達人[*80]でもあった

畿内古墳群としては最大の　古市古墳群に触れねばならない
仁徳帝の父君応神天皇の誉田《こんだ》御廟山古墳も四二五ｍに及ぶ
超大形の古墳であり　仁徳陵同様一見山としか思えない
その北には仲姫皇后陵　允恭陵《いんぎょう》　南には墓山古墳
日本武尊白鳥陵など　いずれも二百ｍをこえる大形であり

百m以上の古墳は他に十数基　いずれも土師氏が関っている

畿内よりやや遅れ五世紀に入ると　吉備の国は
巨大古墳の時代に入る　造山古墳《つくりやまこふん》[*81]は現在では岡山市新庄下
吉備地方最大の前方後円墳である　この被葬者は
大和や河内の帝王たちと　対等の力を競っていたかもしれない
前方には馬形帯鉤《たいこう》を出土した榊《さかき》山古墳　さらに前方には
直弧文《ちょっこもん》の装飾石障《せきしょう》をもつ　千足《せんぞく》古墳などがある

総社市三須には古墳時代中期　吉備第二の作山《つくりやま》古墳
全長二八五mがあり　つい先年まで円筒埴輪列が見られた
備中国分寺と尼寺の間の　小さな池の南には
こうもり塚があり　巨大な横穴式石室と家形石棺がある
その南　山手村宿《しゅく》には百二十mの宿寺山古墳があり
三基の竪穴式石室から　盤竜鏡　簪《かんざし》　冑《かぶと》などが出土した

総社盆地東の出口には王墓山古墳があり　女男岩や
楯築《たてつき》などの遺跡を含む　初期及び後期の重要な墳墓であり
貝殻石灰岩でできた　ほぞ穴を持つ精巧な石棺があり
四仏四獣鏡　馬具等のある　六十基余の石墳が集結している
その墳丘の西には宮山墳墓　三輪山古墳群が連なっている
これらの墳墓群こそ　畿内の王を凌ぐ吉備の王の証だったか

＊76　＊1、「円筒埴輪」28、37〜115頁。
＊77　＊6、『日本史探訪2』131〜205頁。
＊78　＊2、『古事記』176〜178頁。
＊79　＊3、『日本書紀上』382〜416、特に390〜392頁。
＊80　恋歌の例『古代のロマンス黒姫伝説』遠藤堅三編著、倉敷、萌友出版、二〇一八／二／一〇。
＊81　間壁忠彦・葭子　＊69、14、16〜21、120〜125、127頁。造山古墳は仁徳、応神、履中各陵につぐ全国四番目の巨大墳墓で三五〇ｍの中期前方後円墳。

高瀬舟　高梁＝玉島を結ぶ

倉敷は真備町二万の郷　その南の峰は愛宕山[*82]
眼下には高梁川下流域が　十数キロにわたり一望できる
サチはその頂きから　存分にロマンを孕んだ高瀬舟を
じっと眺める　一九四一年十二月大戦直前の
最後の帆掛け舟だ　顧みれば明治後半
軽ろやかに順風をうけて　群れとぶ
舟たちのさまよいが　サチの瞼から
消え去ることは　決してなかった

うちの母《かあ》ちゃんはね　ホラネ[*83]

玉島沖で　蛸《たこ》の壺さ　上げるよ　ホラネ
高い山か-ら　石垣見れば　ホラネ
枇杷の実が揺れるよ　ホラネ
枇杷の実が揺れるよ　ホラネ　ホラネ

天明後半　大洪水　大火災　大飢饉　それに疫病*84が襲った
豪腕庄屋藤波威一郎は　変動期こそ好期と
二万を基盤に　弥高山《やたかやま》から小田川を跨《また》ぎ
箭田《やた》　呉妹《くれせ》　新本《しんぽん》まで　百数十町歩を領有し
酒類　酢酸　味噌類など　あらゆる発酵食品を手がけ
米　麦　葉タバコ　薄荷　綿　除虫菊など五公五民*85で作らせ
成羽川　小田川を経て　ベンガラまでも　玉島港に搬送する
港には祖父威一郎の血をひく　鵜左衛門が待ち構え

祖父の繰り出す　高瀬舟の多量の舟荷を陸上げする
さらに十数艘の伝馬船で　北前船に瀬取りで渡し

その見返りに　干物　昆布　ニシン粕を安価で受けとる
時は同じく紀國屋文左衛門[*86]　すでに御用商人となる
かれに負けじと　鵜左衛門の長男勝頼は　父の命で
港湾の整備拡充　新田開発　商業施設の改変を志すも
大富豪文左衛門には　太刀打ちできず
やがて来たるべき明治二十六年の　大惨事を迎える

この年数十年に一度の　超大型台風に見舞われ
多くの家屋は塩飽《しわく》諸島をこえ　丸亀　多度津まで流される
もっとも　江戸期より年数回　十数回　豪雨に襲われ
二〇一八年西日本大災害時の　真備の冠水も稀ではなかった
豪商藤波一族は巨額の借金をかかえ　酷《むご》い取り立てに苦しみ
田畑家財すべて投げうち　泣く泣く夜逃げに踏みきった
彼らは新居浜の旧知に会えたろうかと　置いてけぼりに
されながらサキは呟やく　驕る平家は久しからず　久しからず

＊82 愛宕山。南は船穂村、その南は高梁川下流域。
＊83 千歳楽の子供版「砂もち」の俗謡。＊36、52～53頁参照。
＊84 天明（一七八一～八九）の大飢饉で疫病を伴い死者九十万余。浅間山の大噴火（八三）、京都の大火（八三）一四二四町歩三万七千戸余焼失。
＊85 白神松男『高梁川』幻冬舎、二〇一九／八／三〇。五公五民、高瀬通し等多くを教わる。
＊86 紀國屋文左衛門、江戸前期のみかん船、材木御用商人など（～一七三四）。

小田川の決壊

鮮婆ちゃん　なぜ二万もの兵　くり出せたの
人気もまばらな　二万《にま》なる小村でしょ
隣国の盟友百済《くだら》からの　断っての要望なの
千四百年もまえの　遠いとおい昔のことよ
備中は高梁川に　支流小田川がぶつかる
二万《にま》なる里が　二万《にまん》もの兵を送ったとはねぇ
サチも　悠太も　征《い》ったそうよ　サチも悠太も

二つの暴れ川は　数年ごと衝突をくりかえし
葦のしげる扇状地　環状地をのこして流れた

総社は清音《きよね》黒田　倉敷は酒津《さかづ》間の
九十度まがった堤防は　何度決壊したことか
ねぇ婆や　黒田　酒津間に
もう一本　川があればよかったのにねぇ
そん通りじゃ　実は東高梁川があったんじゃ

ところが　国も県も　民百姓をまきこんで
東の川を　潰してしもうた　潰してしもうた
明治末期から　大正期[*87]のころだった
ねぇ婆ちゃん　何でそげん馬鹿なことしたん
「晴れの国おかやま」じゃけん
もっと仰山　水が要ったんかなぁ
そん通りじゃ　柳井原に堤防築いて　水を溜めてな
酒津の下手に世界屈指の　取水樋堰《ひせき》を造ったんじゃ
おかげで民百姓は　そりゃ喜んだ　喜んだ

南西部十九の市町村は　公平で機能的な樋門により
米は毎年大豊作　赤人参は五十センチをこえ
牛蒡《ごぼう》は一m以上のび　果物は豊潤で旨かった
深紅のワイン　カベルネ・ソーヴィニヨンも楽しめた
もっとも　国には別の遠大な秘策があったかもね

標高三千六百mの　雲南の氂牛《もうぎゅう》坪《びょう》平原は
雪解け水で　納泊《なぽ》の海になる
日本の詩人たちは　酸素ボンベを小脇にかかえ
小高い丘の中腹で　中国の詩人たちと詩をよみあい
円味をおびた納泊の海を　じっと眺めた
古来より洞庭湖は特大の調整湖だったんじゃ
そう想いつつ　サキは納泊の海を　じっと眺める

＊87　「カンナ流しと洪水」『たましま歴史百景』玉島テレビ放送著作、倉敷市船穂、萌友出版、二〇一七／一〇／一、66～72頁。

彼我の悲運を垣間みる

悠太は小田川におち　肋骨六本折る[*88]
救急車のストレッチャーが　二つに割れ
左右から彼を挟んで掬いあげ　再び割れて手術台に落される

小田川の濁流が　何倍かに増え
凍てつく川曲《かわわ》が　氷河にかわり
氷塊に挟まれ　悠太の筋骨はもみくちゃにされ

くらくら回る茅《ちがや》の穂波が　突如とぎれ
サチが　やにわに現われる

小田川を共に泳いで　はしゃぎ回ったサチと悠太

パンパンに膨らんだあなたの正体　確と見たわ
そのお腹は八方に裂け　あちこちに蛆がこぼれ
子は親の頭《こうべ》を食いちぎり　姉を犯し　孫とつるみ

九穴すべてより　われ先にと孫子が這いだす
小蠅　金蠅　肉に巣くう黒銀蠅の糞蠅《くそんばえ》
三日たてば　羽根を震わせ　次の死臭を嗅ぎまわる

芒《すすき》の穂波と浜菅《はますげ》の　鮮やかな図柄はすでに失せ
ナナカマドの赤い実たちも　アクセント役をやめ
サチの晴れ着は　茨の刺にズタズタにされ
髪の毛には　蚤　虱　蜱《だに》たちが根城を築く　ウジャウジャと

＊88　ヴィラネル、十九行二韻の詩型による。

吉備王国の盛衰

まかねふく吉備の中山帯にせる
　細谷川の音のさやけさ
美作や久米の佐良山さらさらに
　わが名は立てじ万代までに[*89]
古今集のこの二首は　平安中期に詠まれた民謡調の歌
〈まかねふく〉は　すでに枕詞になっているが
元は砂鉄や鉄鉱石をカンナ流しにかけ　蹈鞴《たたら》を踏んで[*90]
多量の銑鉄を産出したことに由来する　すでに弥生期より
吉備　美作《みまさか》をはじめ　中国山地一帯に始まった

この鉄器こそ　武器　農具　馬具　漁具などの基となり
奈良　平安初期には　税に等しい調《ちょう》として　朝廷に奉納した
吉備国の繁栄は　一にこの真金《まがね》にかかっており
中央政権は当初から　吉備の国を注視していた
鬼《き》ノ城《じょう》の温羅《うら》退治に　吉備津彦命[*91]を遣わしたのも一例だったか

しかしカンナ流しの金網をくぐった　多量の土砂は
積り積って本流支流すべての川を　天井川とした
江戸末期には　船尾村　玉島村等三四ヶ村の総代が
上流域の村々を相手取り　何回も鉄穴《かんな》中止の訴訟を起こす
当時備北の山地には　三百三十箇所もの鉄穴場があり
下流域での土砂の累積は極に達し　明治二十五年、三十年には
高梁川治水に関する建議を　内務大臣に提出した

折しも明治十七年の豪雨は　満潮時の高潮と相乗し
一夜にして堤防を壊し　人も家も舟も海に引きずり込み

明治二十六年には　百年に一度の大豪雨が襲い
川辺は勿論　船穂一の口水門　又串《またくし》の堤防を壊し
濁流は金光《こんこう》八重から　占見まで流れこんだ
明治政府は四十年　国家事業として高梁川の改修に着手
二〇一八年七月六日西日本を豪雨[*92]が襲い　今も修復中

顧みれば　二千年にわたるサチの厖大な記憶の中で
真備町二万以北の　銑鉄カンナ産業の盛況が
いかに大きなものだったかを　思い知る
早くから大和朝廷が　一目おいたのもこのためだったたか
真吉備の先祖親兄弟が　力をつけて下道《しもつみち》の豪族となり
お蔭で真吉備の祖母は　朝廷至高の女官に昇りつめ
真備自身官人文人として　位人臣を極める

もっとも　彼の長期留学中　様々な政争に巻きこまれるが
首尾よく制して実績をあげ　千年経っても地名　駅名に

その名を残し　ごく最近偉大な漢詩人伯海による詩碑が立つ
弥生後期に生を受けたサキの時代は　鉄器が普及し
五世紀大形古墳時代に入ると　畿内同様吉備の地にも
百mをこえる大形古墳が　造山《つくりやま》古墳をはじめ十五基[*93]に及ぶ
この状況は大和　河内に匹敵し　他にはどこにも見られない

吉備中山の西に連なる細長い丘陵には　楯築《たてつき》古墳をはじめ
百八十余基もの古墳があり　中でも王墓山古墳群は
その名のごとく　岡山県産の貝殻石灰岩でできた精巧な
石棺であり　鏡　馬具　鉄器　多くの須恵器のほか
その一帯には六十基もの　横穴式石室墳が密集している
これらは畿内の巨大古墳群に比べると　その規模は小さいが
その質　技法　多様性においては　決して劣るまい

惜しむらくは　錦の御旗たり得る王侯貴族の
固有名詞がほとんど　見られないことだ

たとえ在ったとしても　墳墓もろとも叩き潰すか潰されて
誰某《だれそれ》の吉備王国と呼ばれることなく　葬られたか
それとも野見宿禰《のみのすくね》の一族が　土師連《はじのむらじ》となっていや栄え
ある時は大江となり菅原となって　その根を拡げたように
吉備の貴族の末裔たちも　世界のどこかで羽搏いているか

＊89　『古今和歌集』日本古典文学全集七、小学館、小沢正夫訳校注、一九七一／四／一〇、401頁、一〇八二番、一〇八三番。

＊90　『浅口郡誌』岡山、浅口郡役所編、名著出版、一九七二／六／二九、「天井川」168〜173頁。

＊91　吉備津彦命は一説によれば卑弥呼の叔父に当たるという。＊6、205頁の系図参照。

＊92　「西日本豪雨災害」『山陽新聞』二〇一八／一一／六、1、31頁。他に多数の記事あり。
・間壁夫妻、＊54、3〜8頁。

＊93　同右、＊69、16頁。

あとがき

小著は、内容の一貫性はもとより、幻想や霊感の繋りによって構成されている。勿論考古学や歴史学、あるいはそれらの調査研究の成果に負うところは大きいが、主眼は前者にある。この意味で『古事記』の基となった奈良時代の官人稗田阿礼の誦習は、その真偽はともかく、その想像力の豊かさ　暗喩の美事さには圧倒される。ただ彼の置かれた立場上止むを得ないが、難解な神々の頻出には屢《しば》々戸惑った。

使用させていただいた資料はできるだけ新しい調査研究に基づいている。当分野での研究は日進月歩であり、未来を見据えた科学的視点があり、多くを教わった。

この度も砂子屋書房田村雅之社長に、多大のご教示ご指導をいただくことになった。深甚の謝意を表したい。

岡　隆夫

著者紹介

岡　隆夫（おか・たかお）

一九三八年　岡山県倉敷市船穂町生まれ
一九六八年　広島大大学院文学研究科修士課程修了
一九七三年　海外研修欧米、八一年同出張
一九七八年　『エミリィ・ディキンスン詩集』訳、桐原書店
一九八〇年　日本現代詩人会員
一九八一年　『トマス・ハーディ詩集』訳、八五年『同続』
一九八六年　岡山大文学部教授、ディキンスン国際学会員
一九九〇年　文学博士号取得、世界詩人会議、後に数ヶ国での会議に参加発表
一九九三年　岡山大大学院文化科学研究科博士課程初代科長
一九九九年　岡山県詩人協会長
二〇〇〇年　日本詩人クラブ会員
二〇〇三年　岡山大学名誉教授
二〇〇五年　第十五詩集『ぶどう園崩落』、農民文学賞
二〇一二年　『岡隆夫全詩集』和光出版
二〇一六年　第二一詩集『馬ぁ出せぃ』、日本詩人クラブ賞、岡山県芸術文化賞、山陽新聞賞
二〇一七年　中四国詩人会長

現住所　〒七一九―〇二五四　岡山県浅口市鴨方町六条院東一〇五九

詩集　吉備王国盛衰の賦

二〇二〇年九月一〇日初版発行

著　者　岡　隆夫
発行者　田村雅之
発行所　砂子屋書房
東京都千代田区内神田三―四―七（〒一〇一―〇〇四七）
電話〇三―三二五六―四七〇八　振替〇〇一三〇―二―九七六三一
URL http://www.sunagoya.com

組　版　はあどわあく
印　刷　長野印刷商工株式会社
製　本　渋谷文泉閣